KB269174

오지에서 온 손님

김영재 시집

오지에서 온 손님

책만드는집

시인의 말

산이 사람이고 사람이 산이다.
사람이 사람답게 되려면
산처럼은 되어야 하지 않을까.
밤낮없이 계절 없이 찾아도
산은 늘 그렇게 거기에 있었다.
때로는 너그럽게 때로는 준엄하게
아니면 장난기 넘치는 표정으로
그러나 한번도 오만하지 않게.
아무리 높은 산이라 해도
산은 내 가슴에 있었고
아무리 낮은 산이라 해도
속 좁지 않았다.

2005년 1월
김영재

차례

시인의 말 · 11

1

겨울 태백행 · 16
산국 · 17
겨울 점봉산 · 18
운주사 석불 · 20
혼자 겨울산 오른 그대 · 21
오지에서 온 손님 · 22
흰 산 검은 산 · 24
밤길 · 25
죽은 나뭇가지가 · 26
여름산, 한때 · 27
낯선 곳에서 하룻밤 · 28
남쪽 마을 · 29
가을 설악을 지나며 · 30
겨울산에서 명태를 만나다 · 31
사람이 선이다 · 32
지리산 매표소 앞에서 · 33
비 오는 날의 산행 · 34
밤꽃 향기에 혹, 했을 때 · 35
겨울, 산에서 · 36
비무장지대를 지나며 · 37
수구암 소견 · 38

2

아름다운 상처 · 40

별 · 41

집어등 · 42

흔들림 · 43

지리산의 봄 · 44

분홍바늘꽃 · 45

닭백숙에 술 한잔 · 46

어머니 · 47

칠감선사 부도 앞에서 · 48

대관령 안개 속 가다 · 49

가을 이별 · 50

상처는 희망이 된다 · 51

누이야 · 52

겨울 팔당 미루나무 · 53

우리, 살아가면서 · 54

느린 하산 · 56

흙 · 57

왼손 · 58

내 그림자 밟고 울었다 · 59

소나기 · 60

3

지상의 식사 · 62

봄밤 · 63

징검다리 · 64

모기 · 65

책 · 66

중년의 나이 · 68

은빛 호각 · 69

늦은 깨달음 · 70

맑은 산 · 71

일어서는 쓸쓸함 · 72

안개산 · 73

충분히 정직한 사람 · 74

들꽃 냄새 · 75

달팽이 · 76

금강산을 오르며 · 77

괭이갈매기 · 78

어린 잎 · 79

파도 · 80

겨울 산행 · 81

해설 | 김형중 · 82

1

겨울 태백행

눈보라 말 달리고

기차는 어둠 가른다

서서 잠든 검은 나무가

수음하듯 소릴 지른다

차창에

음각으로 박힌 치사량의 내 얼굴

산국

산길 오르다 만난 산국

바위틈에 홀로 피었다

벌 나비 찾지 않아도

고요, 너무 찬란해라

그 순간

아찔한 벼랑!

내 몸이 나비가 된다

겨울 점봉산

*경언이는 앞장서서 눈길 내며 걸어가는데
자꾸만 길이 아닌 계곡으로 빠져든다
우리가 가야 할 길은 저 높은 마룻금인데

얼마를 걸었을까
계곡 물, 얼음 위를
얼음 밑 얼지 않은 물
그래도 흘러갔고
사람의 발자국 대신
짐승 것만 어지럽다

지루하고 고달프다 겨울 속 점봉산
칼바람 몰려오면 나무들 몸을 섞고
산의 혼 시퍼렇는지 세한도를 완성한다

바라보면 파란 하늘
알몸의 산뼈 드러남

무엇이 사는 일이고
무엇이 쓰러짐인가
천지를 오가는 바람
침략하고 퇴각한다

운주사 석불

서 있거나
앉아 있는 것보다
누워 있는 것이 좋지

체면치레 행색보다
머슴부처가 홀가분하지

망가진
얼굴일 바에
목 없는 세월을 산다

*운주사에 가면 와불, 머슴부처, 목 없는 부처, 망가진 부처들이
무심한 세월을 견디고 있다.

혼자 겨울산 오른 그대

눈 쌓인 산 정상에 큰대자로 누운 그대
하늘은 언 강처럼 새파랗게 질려 있고
혼자서
그렇게 누워 한 생을 흘러간다

여럿이 아니어서 겨울산은 허허롭다
무슨 언약이 있어 빈 가지 흔들리는가
가슴에
키운 돌 하나 산길 위에 놓고 간다

오지에서 온 손님

*함백산이 찾아왔다 한밤중에 소리 없이
내 가슴 열려 있었으나 그 손님 너무나 커
속마음 졸이다 보니 그리움만 여위었다

그 품에서 바라본 태백의 장대한 모습
태백도 함께 왔는지
들린다! *만항재 바람 소리
온몸이 흥건히 젖는 일
산에서만 아니었다

살아 천년 죽어 천년 주목의 생몰 사이
나는 걷고 또 걸었다
살을 에는 바람 속을
고통이 기쁨인 것을 그때서야 알았다

눈길을 걸었으나 눈 위가 아니었고
급경사 올랐지만 급경사가 아니었다

몸 하나 비우고 가면
속리(俗離), 따로 없다

*함백산 : 강원 정선군 고한읍과 태백시의 경계에 있는 1,573m의
산. 태백산과 마주하고 있으며 〈산경표〉에는 대박산(大朴山)이라 했
는데 '크고 밝은 뫼'란 뜻.
  *만항재 : 강원 정선군 고한읍과 영월군 상동읍 그리고 태백시 등
세 고장이 한데 만나는 지점에 걸려 있는 고개. 함백산 줄기가 태백
산(1,567m)으로 흘러 내려가다가 잠시 숨을 죽인 곳이라는 만항재
(1,330m)는 우리나라에서 포장도로가 놓인 고개 가운데 가장 높은
지점에 위치한 고갯길이다.

흰 산 검은 산

검은 산이 흰 산 뒤에
숨은 줄 몰랐었다

　허리가 휘도록 배낭을 지고 다리가 꼬이도록 검은 산
을 올랐다. 새벽잠 어거지로 눈 떠 잡목 숲에 내린 이슬
을 털며 하현달 앞세우고 졸면서 걸었다 앞에 보이는
흰 산이 내가 넘어야 할 목표인 줄 알았다 내 속에 있는
차갑고 모진 기운이 뜨겁게 용솟음칠 때 나는 흰 산을
올랐고 승리를 확신했다 그 순간 넋을 잃고 투쟁의 쓴
잔을 마셨다 희다, 검다, 라는 말이 이렇게 엄청난 것인
줄 몸으로 느껴야 했다

거대한 검은 삼각봉이
심장을 겨냥했으므로

밤길

산이 산을 껴안고
겹겹이 잠드는 밤
우리는 길을 잃고 길 찾아 상처 입는다
그 상처
별이 될 때까지
걷고 또 걷는 밤길

산에서 밤을 만나면
육신의 눈 닫힌다
속세의 그리움도 욕망의 겨드랑이도
끊어져
무너져내리는 밤
빛 삼킨 어둠만 불멸!

죽은 나뭇가지가

죽어 있는 나뭇가지가
살아 있는 날 깨운다
백두대간 마룻금
포암산 하늘재 근처
잘못 든 주흘산 능선
삭정이가 길 막는다

눈 아래 자국 내고
피 흘리며 하산하는데
바람이 타이른다
몸 낮춰 길 잡으라고
눈 위에 발자국 내니
옆 걸음 치지 말라고

*하늘재 : 해발 525m. 문경시 문경읍 관음리에서 충주시 상모면
미륵리로 넘어가는 고개로 현세에서 미래로, 관음세계에서 미륵세계
로 넘어간다는 의미를 지니고 있다.

여름산, 한때

갑자기 쏟아지는 비
그 후는 아예 폭탄!
*성부 형은 거칠게 잡목 숲을 헤쳐 나갔다
그리고
흡혈 진드기
살을 파고드는……

*성부 형 : 시인 이성부. 함께 백두대간을 종주한다.

낯선 곳에서 하룻밤

두타 · 청옥산 넘으러 동해에서 하룻밤

바다는 몸살 앓는지 밤을 설쳐 출렁이고

지난 날 청춘은 찾아와 오징어 먹통을 씹는다

길고 지루한 밤 낯설고 음습한 여관방

내 열아홉의 밤도 오늘처럼 어설펐을까

비릿한 포구의 술잔이 설취한 밤을 적신다

남쪽 마을

어머니 그리운 남쪽 마을 찾아가
몇 번이고 엎드려 큰절 올리고 싶다
그곳에
오래 머물며
꽃이 되어 질 때까지

햇살이 살가워 두 뺨이 익어가고
산이며 강물 위를 질러가는 그리움
어디서
겨울 났는지
어린 새 재주 부리고

연둣빛 커튼이 땅 위에 펼쳐 있다
잊혀진 이름들 하나씩 돋아나고
산수유
노란 꽃잎은
도시로 흘러간다

가을 설악을 지나며

오르는 길이 산인지 내려가는 길이 산인지
알 것 같아도 알 수 없어 딸아이 손을 잡고
백담사 해우소 지나며 공양간만 바라본다

싸고 갈 걸 그랬나
먹고 갈 걸 그랬나
걷는 산길 높고 깊다
배고프고 똥 마렵다
대청봉 확 트인 바람
알 것 같다! 웃고 간다

내려, 내려오면서 몇 번이나 느낀 일!
초입에서 힘겨울 때 그만둘 걸 그랬다
반쪽 달 혼자 떠 있고 단풍 비 흩날린다

겨울산에서 명태를 만나다

겨울산 오르면서 바람에 몸 말립니다

마르면 마를수록 맑아지는 가슴속에

눈보라 역류해 가는 명태를 키웁니다

명태는 얼고 풀려 황태로 부활합니다

쓰리고 아린 세상 파도치듯 씻어줍니다

사람은 얼고 풀리면 세상이 뒤틀립니다

사람이 선이다

마등령에서 미시령 백두대간 구간이었다

황철봉 너덜겅에서 목말라 지쳤을 때

물 한 컵 건네준 사람 그 사람이 선이다

착함과 악함이…… 있는 것 아니겠지만

사람이 사람에게 베풀 수 있다는 것

사람이 하늘일 수 있고 땅일 수 있다는 것

지리산 매표소 앞에서

밤 새워 달려와 매표소 앞에 섰는데
관리공단 직원의 말, 입산금지 절대불가
꽃들은 환하게 피어
환장하게 날리는데

시작도 안 해보고 하산길로 돌아서나
그것도 삶이라면 삶의 한 길이겠지
조여맨 등산화 풀며
헛발질을 해본다

올라야 할 산이야 찾아보면 또 있겠지만
한번 세운 마음 고쳐 잡기 힘든 삶
순리를 따르는 일이
취함보다 어설프다

비 오는 날의 산행

안개가 눈을 가린다
비구름 몰려온다
무성한 나뭇가지 뚫고
힘겹게 오른다
빗줄기 거세어질수록
우린 짐승이 된다

빗물을 흩뿌리며
걷고 또 걸어봐도
어쩔 수가 없다 빗속에 갇힌 내 몸
끝없이 젖고 젖는다
이 몸도 비가 된다

밤꽃 향기에 혹, 했을 때

물소리 옆에 끼고
산길 오르는데
밤꽃 향기
확!
몰려와
길을 막고 유혹한다
망초꽃
노란 속살이
민망한지 숨을 멎네

겨울, 산에서

찬 바람 몰아치는

겨울산 가 보아라

혹한을 견디면서

나무들 몸 비비는

그 소리

눈 속에 묻고

옹이를 키우고 있다

비무장지대를 지나며

참으로 치사하다
누구에게도 아닌데
자꾸자꾸 화가 나고
알 수 없는 눈물난다
산천이 눈치 챌까 봐
*산 수건을 꺼낸다

*산 수건 : 산에 오를 때 땀을 닦기 위한 수건.

수구암 소견

-효림 스님에게

보광사 뒷산 기슭 *수구암 찾았는데

도토리 알몸 한쌍 떨어지는 그걸 보고

스님이 옷깃 여미며

앗 뜨거,

단풍 들것네!

*수구암(守口庵) : 경기도 파주시 보광사에 가면 효림 스님이 계신
다. 그 암자가 입 조심하라고 수구암이라 지어졌다.

2

아름다운 상처

상처는 아름답다
이렇게 쓰고 읽는다

산에서 그 생각을 몇 번이고 되새긴다

꽃들도
처음 필 때는 상처로 시작했다고

나뭇가지에 느닷없이
찍혀서 번지는 피

길 잃고 길 찾다가 주저앉아 상처를 보면

한 획의
붓놀림인 듯 긋고 가는 비릿함

별

누이는 분명 먼 나라 별이 될 것이다

너무나 먼 나라로 떠났기에 맑은 어둠 속에서만 빛나
는 누이 그 누이를 보기 위해 나는 산을 오르리라 오르고
올라 높고 드넓은 평전(平田)에 누워 별을 바라보리라 서
서 별을 보면 고개도 아프고 눈물이 도끼가 되어 발등을
찍으리니 가슴을 펴고 누워 별을 안으며 뜨거운 눈물, 천
천히 흐르게 하리 다 못 거두고 바삐 간 그 먼길 가만가
만 따라 짚으리 살아갈 날들이 내게는 아직 멀다

추석도 못 넘길 것 같다고
희미하게 웃던
너

집어등

꽃점이 돋아나는
먼 바다를 바라본다

불빛은 우리에게 위안인가 굴레인가

떠나고 남아 있는 자의
지키지 못할 언약 같은 것

흔들림

흔들리며 사는 일이 때로는 아름답다

더불어 살아가면 더불어 흔들리고

혼자서 길을 걸으면 혼자서 흔들리겠지

느리게 기어가면 느리게 흔들리고

빠르게 달려가면 빠르게 흔들리는

이것이 사람살이의 또 다른 깨달음인 것을

지리산의 봄

청보리 잔물결로
가난이야 씻을 수 없지만
산수유 보고 싶다던
너의 봄은 와 있다
지리산
껴안고 도는
섬진강을 또 품는 봄

무덤가에 고개 숙인
할미꽃 젖무덤에
더디게 더디게 온
고사목도 봄을 탄다
반야봉
짝 궁둥이는
푸짐해서 좋것다

분홍바늘꽃

분홍바늘꽃, 이름만 들어도
아찔하고 어지럽다
분홍바늘에 찔려서
분홍보다 조금 진한, 피
첫사랑 설레임처럼
수줍게 흘리고 싶다

높은 산이나 넓은 들에
흔들리면서 피어 있는
분홍바늘이 흔들릴 때마다
바람이 와 속삭인다
바늘아, 살살 찔러 줘!
우리 너무 친한 거 아냐!

닭백숙에 술 한잔

전라도 화순 땅 운주사에 들어섰더니,

볼품없는 돌부처님 서 있어도 삐딱하고,
보란 듯이 누워 있는 어떤 놈은 목이 뎅강 날아갔고,
양반 아닌 머슴부처 폼을 잡고 버티고 있거니,
별것도 아니구나 싶어 눈 한번 주지 않고,
절구경 한 듯 만 듯 무등산 증심사 앞 백숙집으로 달
려가,
닭다리 안주 삼아 소주를 켜고 있는데 냅다,

뒤통수 후리는 소리 네 이놈 너만 마시기냐!

어머니

전화기 속에서 어머니가 우신다
'니가 보고 싶다' 하시면서
나는 울지 않았다
더욱 더
서러워하실 어머니가 안쓰러워

어릴 적 객지에서 어머니 보고 싶어 울었다
그때는 어머니
독하게 울지 않으셨다
외롭고
고단한 날들 이겨내야 한다고

언제부턴가 고향도 객지로 변해
어머닌 객지에서
외로움에 늙으시고
어머니
날 낳던 나이보다, 내 나이 더 늙어간다

칠감선사 부도 앞에서

*칠감선사 부도 앞에서
큰대자로 뻗어버렸다

어젯밤 마신 술이 봄 햇살에 괴는 갚다

선사도
목이 타는지
어린 봄을 엿보신다

*칠감선사 부도탑 : 전남 화순군 이양면 쌍봉사에 있는 국보 제57호.

대관령 안개 속 가다

짙은 안개 속으로 그들이 걸어간다

무엇을 찾으려고 누구를 만나려고

안개 낀 선자령 넘어 안개비에 젖어가나

대관령 높은 바람 안개를 몰아내도

잡을 수도 만질 수 없는 황홀한 안개 사랑

젊은 산 한창 푸르른데 노인봉이 길을 막고

가을 이별

당신이 떠나가듯
낙엽이 지고 있습니다
내일은 이 바람도
더욱 차게 불겠지요
그리워 지지 못한 잎
그마저도 떠나겠지요

상처는 희망이 된다

허벅지에 입은 상처
빗속을 걸어걸어
산 정상에 우뚝 서는 그 모습이 아름답다
쓰라린 상처 때리는
빗방울도 아름답다

피와 빗물 뒤섞여
정신이 맑아진다
이마에서 떨어지는 땀방울의 순수여
상처는 그렇게 해서
또 다른 희망이 된다

누이야

지리산 산자락에 누이가 살고 있다
아파도 수몰 고향 가지 못한 막내 누이
어머닌 광주 오두막
오빠는 산을 찾는다

오빠는 서울 살고 너는 거기 살고
그렇게 사는 게지 고향이 어디 있느냐
한번만
산수유처럼 섬진강 은어처럼

겨울 팔당 미루나무

안개 속에 서 있는 겨울 팔당 미루나무

적막하고 고요해 슬픔인 양 아름답다

언 가슴 뜨겁게 적실 사랑 안고 서성인 듯

느긋이 흔들리면서 혹한을 견뎌가고

밤이 되면 무섭게 서릿발이 꽂혀와도

마른 잎 땅 위에 내려 내 설움도 다독이고

우리, 살아가면서

스님과 한 사람이
길을 걷고 있었는데
말없이 두 사람이
가을 속 걸었는데
갈림길
헤어질 무렵
낙엽 하나
툭!
말을 건다

얼마쯤 걸었을까
스님이 산을 본다
한 사람 간 데 없고
바람 혼자 어슬렁
어느새
밤이 왔는지

달이
뜨고 있었다

느린 하산

스님, 이 산은 스님
비어 있음을 아룁니다
모진 바람 등지고
모두들 하산했고
나 홀로
뒤처진 세상
죄인처럼 걷습니다

흙

잡초를 뽑아내면 흙이 함께 딸려오는 건

생명을 지키는 힘이 따뜻하기 때문이다

뜨거운

햇빛에 깔려 비명 지른다 해도

왼손

왼손은 선량하다
자랑 없이 있어 왔다
오른손이 하는 일
불만 없이 거들면서
그렇게 많은 날들을
왼편에서 서성였다

내 그림자 밟고 울었다

햇빛이 따갑고
스산한 바람 부는
추석을 며칠 앞둔 그날, 그날이었지
누이를 땅에 묻으며
내 그림자 밟고 울었다

꽃비늘 무수히
하늘에서 내리고
너와 나 지상의 이별 삽질이 시작되었고
젖은 흙 마르지 못해
붉은 울음 울었다

죽음은 무심해서
한 줌 흙이 되는가
국화꽃 긴 행렬도 이승으로 돌아간 뒤
축 처진 어깨 흔들던
흐느낌은 통곡이었다

소나기

내 마음 같지 않게 사는 일이 거칠구나

세상의 끈을 놓고 홀연히 떠난 누이

하늘은 먹장구름을 슬픔으로 토해낸다

천지가 소란스러운데 항아리 깨지는 소리

빗속에서 아이들은 달리기가 한창이다

마음은 불을 먹은 듯 까맣게 타들어가고

3

지상의 식사

지하도 계단에서

구걸하던 그 노파

내가 가던 횟집에서

고등어 조림 드신다

지상의

한끼 식사는

성스러운 예배였다

봄밤

－일장춘몽

목련꽃 하얀 살결
밤에 봐야 아름답지
조등도 낮보다야
한밤중이 제격이지
빈손에
꽃이 지는데
좋고 나쁨 어디
있느냐

징검다리

이 몸, 숨쉬는 돌로
징검다리가 되었으면
차갑고 무서울수록
절대 겁먹지 않고
모두 다
밟고 가도록
단단한 힘이 됐으면

모기

탁!
쳐!
죽여야겠다
피를 빠는 암모기를

그런데도 당신은 이렇게 쓰고 있다.
*“모기도 생명체이다. 그들도 이 지구상에서 살아야
할 권리가 있다. 내 피를 빤 모기는 세대에서 세대로, 생
명의 근원이 자손들에게 전해지고 계속 번창할 것이다.”

번창할!
번창할 것이라고
내 피를 빨면서

*인용문은 김정환(고려곤충연구소 소장) 지음, 「곤충의 사생활 엿
보기」 ‘모기의 사생활’ 에서 옮긴 글.

책

출판사에서 책을 만들고
책을 사랑하는 사람이
출근해서 날마다
책을 찢고 버린다
그 일이 즐겁지는 않지만
개운하고 편하다

버리고, 버리는 것이
어디 그리 쉬운가
버리는 그 순간이
또 다른 나를 찾는 일
잘못된 사람 버리듯
어설픈 나를 버린다

한때는 욕심이 넘쳐
이 책 저 책 품었지만
열정도 시들해져

품는 일도 귀찮아졌다
욕심을 버리다 보니
버리는 것도 욕심이 된다

중년의 나이

중년의 나이에는
직선의 사랑보다
곡선의 흐름을 따라
휘어져 돌아가면
모퉁이
그 어디쯤에
그대 사랑 만나려니

*은빛 호각

은빛 호각 만나러 구례 로터리 갔었습니다

은빛 호각 부는 X자 하늘색 제복은 없고

산수유 피는 소리만 섬진강을 깨웠답니다

*은빛 호각 : 이시영 시집(창비 2003) 제목. 시 〈푸른 제복〉 34~
35쪽에 나온다.

늦은 깨달음

사는 일 기쁘다는 것
사는 일 슬프다는 것

산은 늘 그렇게 일러주고 있었지만

길 잃어
늦게 집에 오는 날 아내 보고 알았네

맑은 산

비 온 뒤 산길 오르면
맑은 산 잘 보인다
그 산이
너무 맑아
내 부끄러움도
잘 보인다
이런 날
집에 갇혀서
술이나 하고 말걸

일어서는 쓸쓸함

그렇다, 살아온 날은 슬픔에 일렁였다

세상의 노여움에 상처 입고 무너졌다

저무는 가을 산자락, 낙엽 위에 쓰러진다

비탈길 바위에 걸려 넘어지기 한두 번이랴

붉은 단풍 첫사랑도 이쯤에서 다 시들어

시간의 더께를 털며 다시 일어서는,

안개산
−무산 스님을 생각하며

백담에서 며칠 동안
있어보니 나 알겠네
얼마나 외로웠으면
얼마나 그리웠으면
안개산
그 이름 되어
깊은 어둠, 잔을 드나

눈을 뜨면 온 산이
안개에 묻혀 있다
사람은 어디 가고
개울 소리 높아간다
빈 절간 누가 왔는지
안개가 흩어진다

충분히 정직한 사람

그는 나의 반면교사 조금은 모자란 사람
아내를 자랑하고 자식을 치켜세우고
그러나 충분히 정직한 속임수를 모르는 이
내가 만난 그 사람 충분히 정직한 사람
발이 닳도록 찾아봐도 어디서 만날 수 있으랴
청진동 막소주 집에서 낙지처럼 몸 비트는
가문을 거들먹대고 허세도 부리면서
술친구에게 빈축 사는 참으로 선량한 가장
왕따로 살고 있지만 왕소금으로 녹고 있는

들꽃 냄새

아내의 찻잔에선

들꽃 냄새가 난다

가을이 깊어가는지

옷깃에 바람이 숨고

아이는 들꽃 냄새가

무엇이냐 묻는다

달팽이

한라산 오름길에 눈 마주친 달팽이
느릿느릿 집 한 채 지고 어딜 가는지 말, 없다
등짐에 물 한 통 넣고 기고 있는 나를 보며

금강산을 오르며

힘든 길도 아닌데 자꾸 목이 마르다

험한 산길 아닌데

몇 발짝 걷다 먼 산 바라기

아이는

저만치 앞장서서

금강처럼 웃는다

괭이갈매기

뾰족하고 긴 혀의
괭이갈매기를 아시나요

울음소리 고양이 같아
붙여진 슬픈 이름

제 새끼
지키기 위해
고양이 울음을 우는

어린 잎

편한 마음 산길 걷다가
불쑥 너를 만난다
손바닥 간질이는
연초록 어린 잎새들
까르르
터지는 폭소
붉어지는 내 얼굴

파도

파도는 그리움이다
스쳐가는 행인이다
쉼 없이 밀려오지만
뭍에 닿으면 사라진다
너와 나
목마른 그리움
흔적 하나 없듯이

파도는 밤이 되면
하얀 밑줄을 긋는다
우리가 살아가면서 하찮게 여긴 것들
되짚어 생각하라고
바다 위에 밑줄 친다

겨울 산행

내가 걷는 발자국
낙관으로 찍히고
눈 덮힌 산 정상엔 찢겨나간 울음 소리,
바람이
천지를 갈라도
나무들 눕지 않는다

눈보라에 몸 밀린다
오르고 또 오른다
나무들 성성히 서서 한겨울을 꺾고 있다
눈 속에
흘린 땀방울
봄이 되면 꽃잎 되리니

산행(山行), 고행(苦行), 산행(産行)
―김영재의 시세계

김형중 | 문학평론가 · 전남대 강사

1. 시조와 현대

나는 시대와 문학 양식 간의 상관관계를 믿는 편이다. 가령 자본주의의 발흥기와 소설 장르 간의 상관관계, 영웅 서사시와 서구 봉건사회 간의 상관관계, 그리고 조선사회와 시조 간의 상관관계 같은 것 말이다. 게다가 나는 어떤 문학 양식이 그 양식의 창작층 혹은 향수층과 맺는 상관관계 또한 믿는 편이다. 소설과 부르주아, 기사 계급과 로망스 그리고 시조와 사대부 계층의 관계 등등.

옛 양식에 아직 향수를 간직하고 있는 이들에게는 안 된 일이지만, 이 말은 곧 시대의 변화에 따라 어떤 문학 양식

의(소멸까지는 아니더라도) 쇠퇴는 필연적일 수밖에 없다
는 말이기도 하다. 우리 시대에 영웅 서사시가 씌어질 수
없고, 우리 시대에 고전적인 의미에서의 비극이 불가능한
이유도 여기에 있다. 내겐 시조도 마찬가지였다. 유교적
세계관과 사대부 계층이 더 이상 존재하지 않게 된 지금,
시조는 당대적 문학 양식일 수 없다는 생각, 무한 증식하
는 정보와 속도를 그 단아하고 절제된 형식 속에 담기는
힘들 거라는 생각, 그래서 현대 특유의 병리적 상황이나
소외, 결핍 같은 것들은 항상 시조의 그 완결적인 형식과
우아한 균형을 배반할 거라는 생각이 내 지배적인 사고방
식이었다.

사실 시조 양식은 그 출생부터 '필요 이상으로' 고귀했
던 측면이 있다. 향수층과 창작층이 사대부 계급이었다는
점 말고도, 그 형식에 있어서도 선비 특유의 단아한 절제
와 우아미가 바로 시조의 미학이었다는 점이 그렇다. 시조
가 우리 시대에 적합하지 않은 장르인 우선적인 이유가 이
것이다. 현대란 고전주의적 '고귀함' 보다는 '비루함' 을
자신의 미학적 준거로 삼는 시대 아니던가.

노스럽 프라이(N. Frye)의 말 그대로 우리 시대는 채플
린과 K(카프카)의 시대, 에이런(eiron)과 알라존(alazon)
들의 시대, 말하자면 소외의 극한에서 탄생한 병리적 주체

들과 우스꽝스러운 바보들의 시대이다. 엽기와 그로테스크의 시대, 조화보다 부조화, 합리보다 부조리가 지배적인 시대이다. 그런 판국에 절제라니, 우아(優雅)라니! 사실 마음만 먹는다면 시조는 이제 더 이상 그 에너지를 발산할 수 없는 화석화된 장르란 견해의 근거 목록은 한없이 늘어날 수 있을 것이다.

최소한 김영재의 시조들을 읽기 전까지는 그랬다는 얘기다.

2. 표현주의 목탄화풍

그러나 만약 이런 시조 작품이 있다면?

뱃사람의 장화에선 낯선 바람 죽어 나오고/누군가 켜다 둔 어둠도 남아 나오고/아낙의 화냥기 울음 밤을 질러 울었다/밀어내도 밀어내도 바다는 머물렀다/집 떠난 비린내만 빈 배에 묻어 있고/한생애 거친 달빛은 만조각 넝마였다

─〈밤 항구에서〉 전문, 「화엄동백」

5년 전쯤 「화엄동백」(1999년)에 실린 김영재의 작품이다. 4음보에 음수율도 거의 지켜지고 3장 6구 45자 내외

로 이루어진 두 수의 시조가 각각 한 연을 이루고 있으니 전통적인 연시조 형식의 거의 완벽한 재현이다. 그러나 이 작품은 '필요 이상으로' 고귀한가? 내용을 음미해 보자.

달이 뜬 밤이다. 그러나 그 달은 '오우가(五友歌)' 류의 달, 임금이나 이념의 표상으로써의 달, 낙향(落鄕)한 사대부의 달이 아니다. 이 달은 '만조각 넝마' 같은 삶, 주인 없는, 그래서 비린내만 묻어 있는 '빈 배' 같은 스산하고 황량한 풍경만을 비추는 달이다. 뱃사람이 아무렇게나 벗어둔 장화나 비추는 그런 달이다. 그 장화 속에선 '낯선 바람이 죽어 나오고' '켜다둔 어둠도 남아' 나온다. 형식은 그대로이나 그 형식에 담긴 풍경은 전혀 우아하지도, 단아하지도 않다. 요컨대 처연하고 적막한 갯마을 한 구석이 시조와 만나는, 시조가 최악의 가난을 만나는, 민초들의 가장 예리하고 서글픈 삶의 한 장면과 만나는 기이한 풍경이다. 그리고 절규.

'아낙의 화냥기 울음'이 풍경을 찢으며, 아니 행과 행 사이를 찢으며 길게, 날카롭고 음탕하게 흘러나온다. 적막감 도는 가난의 풍경과 아낙의 그 붉은 절규(오, 뭉크!)가 사뭇 대조되어 이 감옥 같은 풍경 밖으로의 탈출 욕망을 선명하게 부각시킨다. 전래의 시조 양식이 수묵 담채풍의 풍경화라면 이 작품은 '표현주의 목탄화풍'이다. 혹은 도

로시어 랭(D. Lange)이 찍은 흑백사진 속의 빈민촌 풍경
과 닮았다.
　다른 작품도 있다.

　　앙상한 대추나무 한 그루/눈 올 듯 흐린 하늘/산역(山役)
　　간 마을 사람들/반쯤 취해 돌아오고/산흙도 덤으로 묻어
　　오고/〈사자매장(死者埋葬)〉 서서히 멈추는/자막(字幕)
　　　－〈무술영화처럼〉 전문, 「화엄동백」

'고도를 기다리며(Waiting for Godot)'의 무대에서처럼
생명의 상징도 구원의 은유도 될 수 없는 앙상한 대추나무
한 그루가 서 있다. 뒤편으로 배경을 이루는 하늘은 눈 올
듯 흐리다. 그 음산한 풍경 앞으로 한 떼의 사람들이 걸어
나온다. 그들은 산역(山役), 즉 사자매장(死者埋葬)을 막 마
치고 반쯤 취한 채 침울한 표정으로 귀환하고 있는 중이
다. 그들 모두 아무래도 케테 콜비츠(K. Kollwitz)의 인물
들처럼 눈이 퀭하고 광대뼈가 불거져나온, 그래서 해골처
럼 공허한 그런 표정일 것만 같다. 회화적인 수법, 그러나
충분히 표현주의적이어서 배경이 과장되게 단순화되고,
인물들은 고통스럽게 왜곡된다.
　원색은 완전히 사라지고 흑백의 색조만 우울하게 도드

라진 이런 막막한 풍경을 우리 시조 문학에서 한 번이라도 본 적이 있던가? 이토록 고통스럽게 우울하고 가난한 풍경을 말이다. 요컨대 이 두 풍경(그리고 〈철거지역〉, 〈망월동〉, 〈수몰민〉, 〈그날〉 등 이 시집 곳곳에서 그려진 풍경들도)은 시조의 짧고 절제된 형식이 사대부 계층 특유의 유교적 정신주의와도, 그 흔적기관으로서의 의사 생태주의와도 결별한 희귀한 사례에 속한다. 대신 시조 형식은 적막한 어촌 마을의 가난한 풍경 한 끄트머리에 미적 거리와 심미적 앵글을 부여하고, 감정의 과장된 노출을 사려 깊게 삭이게 하는 이미지즘(imagism)적 시작 기법으로 활용된다. 시조가 성큼 현대시작법과 만나는 순간이다. 에즈라 파운드(E. Pound)가 바로 그렇게 시를 썼을 것이다.

그렇다면 다시 물어보자. 시조는 이제 사멸하는 장르인가? 설사 그렇다 하더라도 김영재의 작품들에서만은 그 사멸의 징후가 전혀 발견되지 않는다. 그는 말로만이 아니라 실제로 작품을 통해 시조가 아직 사멸하는 장르가 아니라는 사실, 시조가 그 태생의 한계를 벗고 우리 시대 삶의 가장 신산스러운 경계까지 확장 가능하다는 사실을 표현주의 목탄화풍으로 보여주었던 참 소중한 시인이다. 5년 전에 말이다.

3. 인상주의 풍경화풍

그리고는 5년이 지났다. 그 사이 김영재 시인은 「겨울
별사」(2002년)란 제목의 시집을 한 권 더 상재했고, 거기
엔 이런 작품이 들어 있었다.

> 섬진강, 그 가난한 마을 속으로/밤기차가 지나간다//섬
> 진강, 그 가난한 마을 속으로/마지막 버스가 지나간다//
> 내 설움,/여기쯤에서 그만둘 걸 그랬다
> ―〈추석전야, 어머니〉 전문, 「겨울 별사」

추석 전야, 섬진강 마을의 쓸쓸한 밤 풍경을 현재 시제
묘사문으로 날렵하게 포착하는 능력이 돋보인다. 김광균
의 〈추일서정〉에 육박할 정도다. 사실 이 순간 포착 능력
은 이미 〈화엄동백〉 때 그가 익숙하게 과시한 바 있기도
하다. 다만 주된 정조가 이전에 비해 더 애틋해져 〈밤 항구
에서〉나 〈무술영화처럼〉의 고통스런 표현주의 화풍보다
는 따뜻하다. 다른 작품 하나를 더 읽어보자.

> 당신도 처음에는 연초록 잎새였다/너와 나/사랑으로
> 뒹굴고 엉클어질 무렵/목이 타/붉게 자지러져/숨이, 탁!/
> 끊긴다

－〈단풍〉 전문, 「겨울 별사」

　현재형 묘사문의 순간 포착 능력은 여전하되 앵글이 이제 사람살이의 삭막한 풍경으로부터 자연으로 이동한다. 그랬더니 만물이 다 경탄스럽고 자주 에피파니(epiphany)를 경험하기도 한 모양이다. 인간사와 자연사가 푸르렀다가 붉었다가 이내 숨이 탁 끊기듯 떨어지고 마는 단풍잎의 생리를 매개로 겹쳐지는 현상을 목도하는 '깊은 눈'을 얻은 것도 이 시기인 듯하다. 그래서 이 시기 김영재의 시들은 표현주의 목탄화풍이라기보다는 관능적이고 빛에 민감한 인상주의 풍경화를 닮아간다. 원색이 자주 등장하는 것도 이 시야의 전이와 관련이 있을 것이다. 아무래도 그의 이전 작품을 지배하던 절망과 결핍의 정서가 이제 자가 치유를 시작하는 징조로 보이기도 한다. 그때부터였을까? 시인이 산행(山行)을 고행(苦行)처럼, 아니 산행(産行)처럼 여기기 시작한 것이 말이다.

4. 누이 찾기와 산행(山行)

　이번 시집 「오지에서 온 손님」을 읽다 보니 전편을 가로지르는 모티브가 바로 산행이다. 물론 5년 전 「화엄동백」의 그 표현주의 목탄화풍의 장관이 아예 사라진 것은 아니다. 가령 〈겨울 태백행〉과 〈낯선 곳에서 하룻밤〉 같은 작품은 그가 여전히 실존과 결핍의 고뇌로부터 시적 자양분 일부를 공급받아 표현주의적 풍경 속에 담아내는 작업을 능숙하게 계속하고 있음을 보여준다. 절창인 만큼 옮겨 적어본다.

> 눈보라 말 달리고/기차는 어둠 가른다/서서 잠든 검은 나무가/수음하듯 소릴 지른다/차창에/음각으로 박힌 치사량의 내 얼굴
>   —〈겨울 태백행〉 전문

> 두타·청옥산 넘으러 동해에서 하룻밤/바다는 몸살 앓는지 밤을 설쳐 출렁이고/지난 날 청춘은 찾아와 오징어 먹통을 씹는다/길고 지루한 밤 낯설고 음습한 여관방/내 열아홉의 밤도 오늘처럼 어설펐을까/비릿한 포구의 술잔이 설취한 밤을 적신다
>   —〈낯선 곳에서 하룻밤〉 전문

'수음하듯 소릴 지'르는 '서서 잠든 검은 나무', '차창에/음각으로 박힌 치사량의 내 얼굴' 등과 같은 표현은 범상한 시인들이 쉽게 얻을 수 있는 수준을 훨씬 넘어서 있

다. 그의 표현주의적 순간 묘사는 압도적이다.

그럼에도 불구하고 이번 시집의 주요 테마는 역시 산행이다. 〈아름다운 상처〉, 〈지리산의 봄〉, 〈칠감선사 부도 앞에서〉, 〈상처는 희망이 된다〉, 〈산국〉, 〈겨울 태백행〉, 그리고 표제작인 〈오지에서 온 손님〉까지, 시집 전체가 산행과 관련이 있다. 물론 산행이 유행이 된 지 이미 오래인 우리 시단의 습성에 비추어볼 때 김영재의 산행이 그 자체만으로 새로울 것은 없다. 게다가 '상처'(그것이 사회적인 성질의 것이든 실존적인 성질의 것이든)의 치유를 위해 산에 오른다는 발상(〈아름다운 상처〉, 〈상처는 희망이 된다〉 등의 시편들에서 쉽사리 발견된다) 또한 김영재 시인을 다른 시인들로부터 구별해 주지는 못한다. 세속의 상처를 산행을 통해 치유한다는 시적 관습은 작금의 생태시들에서 한 편 건너 한 번씩 발견되는 모티브이기도 하다.

그렇다면 산행 자체보다 우리가 더 눈여겨보아야 할 것은 그를 산행에 이르게 하는 상처의 연원이다. 당겨 말하자면 그를 산에 오르게 하는 상처의 연원은 '누이'와 관련이 있다. 다음 시편들을 보자.

　지리산 산자락에 누이가 살고 있다/아파도 수몰 고향
　가지 못한 막내 누이

－〈누이야〉 부분

　내 마음 같지 않게 사는 일이 거칠구나/세상의 끈을 놓
고 홀연히 떠난 누이/하늘은 먹장구름을 슬픔으로 토해
낸다
　　－〈소나기〉 부분

　누이는 분명 먼 나라 별이 될 것이다//너무나 먼 나라로
떠났기에 맑은 어둠 속에서만 빛나는 누이 그 누이를 보
기 위해 나는 산을 오르리라 오르고 올라 높고 드넓은 평
전(平田)에 누워 별을 바라보리라 서서 별을 보면 고개도
아프고 눈물이 도끼가 되어 발등을 찍으리니 가슴을 펴고
누워 별을 안으며 뜨거운 눈물, 천천히 흐르게 하리 다 못
거두고 바삐 간 그 먼길 가만가만 따라 짚으리 살아갈 날
들이 내게는 아직 멀다//추석도 못 넘길 것 같다고/희미
하게 웃던/너
　　－〈별〉 전문

작품에 나타난 시인의 가계(家系)에 대한 관심은 대개 호
기심 수준을 벗어나기 힘들다. 그러니 이 작품들을 두고
시인의 누이에게 실제로 있었던 불행한 일 운운하는 것은

내 관심 밖의 일이다. 따라서 이 작품들을 시인의 가계에 대한 고백이 아니라 시적 화자의 진술 정도로 읽어보자.

첫 시에서 시적 화자의 누이는 아프다. 그래서 수몰 고향에도 가보지 못한 채 지리산 자락에 살고 있다. 산과 누이가 최초로 관련되는 부분이다. 그렇다면 시인의 산행과 누이는 무관하지 않아 보인다. 산행은 누이 찾기다.

두 번째 시에서 아프던 누이는 이제 망자다. 시적 화자는 지금 산행 중에 먹장구름 같은 슬픔을 토해내는 하늘을 보고 있다. 역시 산행과 누이 찾기의 모티브가 겹쳐진다. 다만 첫 시에서 살아 있던 누이가 이젠 죽은 자란 차이가 있을 뿐이다.

월명사의 〈제망매가〉를 방불케 하는 세 번째 시는 직설 화법으로 시적 화자가 산에 오르는 연유를 설명한다. '너무나 먼 나라로 떠났기에 맑은 어둠 속에서만 빛나는 누이 그 누이를 보기 위해 나는 산을 오르리라' 라는 구절이 그것이다. 시적 화자는 죽은 누이를 보기 위해 산행을 매번 감행한다.

그렇다면 도대체 누이는 누구인가? 아니 무엇인가? 시 속의 누이를 시인 '김영재'의 친누이로 해석하는 것은 전혀 문학적인 독법이 아니다. 시적 화자와 시인의 전기적 사실의 일치 여부는 문학적 해석에서 그리 중요한 것이 아니다. 설사 사실이라고 하더라도 사정은 마찬가지이다. 만물이 시 속에서는 다른 의미, 훨씬 풍요로운 의미, 은유적이거나 상징적인 의미를 획득하기 때문이다. 누이도 마찬가지다. 김영재의 친누이에게 일어난 일은 우리의 관심사가 아니고 오로지 시적 '누이'가 우리의 관심사다.

그러나 안타깝게도 시인은 이번 시집에서 그 누이에 대한 정보를 위 세 편의 시 외에서는 발설하는 법이 없다. 그렇다면 우리는 그 누이를 어떻게 읽어야 하는 것일까? 그러나 다행히도 우리에게 '누이'에 관한 정보가 아예 없는 것은 아니다. 서정주의 〈국화 옆에서〉가 있다. 김승옥의 〈누이를 이해하기 위하여〉가 있다. 장용학의 〈원형의 전설〉이 있고 최근에는 윤대녕의 〈빛의 걸음걸이〉가 있다. 말하자면 우리는 '누이'의 문학적 용례들을 가지고 있다. 그리고 그 용례들 속에서 '누이'는 순수하고 애틋한 것, 그러나 이제 훼손되었거나 소멸한 것의 상징임을 우리는 안다. 말하자면 '상처받은 순수'다.

그렇다면 이제 시인의 '산행'이 갖는 의미가 드러난다. 그는 상처받았다. 순수를 훼손당했다. 바로 그 상처를, 훼손당한 순수를 되찾고, 치유받기 위하여 그는 산에 오른다. 산행의 과정이 곧 시 쓰기 과정인 시인 김영재에게 산행이 갖는 의미는 분명 이것일 게다.

5. 고행(苦行) 혹은 산행(産行)

물론 그 치유의 산행 길이 원만할 리는 없다. 치열한 시인일수록 자신의 상처를 쉽사리 치유시키지 않는다. 쉽게 치유 받을 수 있는 상처란 애초부터 포즈에 불과했을 것이기 때문이다. 김영재 시인에게 산행이 곧 고행이 되는 이유도 예서 그리 멀지는 않을 것이다. 고행만이 상처를 희망이 되게 하고 아름답게 한다. 다음의 시편들을 보자.

허벅지에 입은 상처/빗속을 걸어걸어/산 정상에 우뚝 서는 그 모습이 아름답다/쓰라린 상처 때리는/빗방울도 아름답다//피와 빗물 뒤섞여/정신이 맑아진다/이마에서 떨어지는 땀방울의 순수여/상처는 그렇게 해서/또 다른 희망이 된다
　　―〈상처는 희망이 된다〉 전문

산이 산을 껴안고/겹겹이 잠드는 밤/우리는 길을 잃고 길 찾아 상처 입는다/그 상처/별이 될 때까지/걷고 또 걷는 밤길//산에서 밤을 만나면/육신의 눈 닫힌다/속세의 그리움도 욕망의 겨드랑이도/끊어져/무너져내리는 밤/빛 삼킨 어둠만 불멸!
　　―〈밤길〉 전문

갑자기 쏟아지는 비/그 후는 아예 폭탄!/성부 형은 거칠
게 잡목 숲을 헤쳐 나갔다/그리고/흡혈 진드기/살을 파고
드는……
　　－〈여름산, 한때〉 전문

마치 일부러 그런 날에만 산에 오르기라도 한 듯이, 기
이하게도 시인의 산행 길엔 항상 독한 비가 내리거나 순식
간에 어둠이 내린다. 나뭇가지에 손을 찔리고 허벅지를 다
친다. 화창한 날의 산행은 김영재 시인에겐 별반 관심의
대상이 되지 못하는 듯싶다.

첫 시에서 시인은 허벅지에 상처를 입고 빗길을 걸어 산
정에 올라서야만 '상처는 희망이 된다'고 말한다. 두 번째
시에서 시인은 칠흑 같은 산중의 어둠을 짐승처럼 헤매고
나서야 육신의 눈은 닫히고 불멸의 어둠을 이해하게 된다
고 말한다. 그리고 세 번째 시에서는 이성부 시인과 함께
한 산행에서 만난 가혹한 비와, 살을 파고드는 흡혈 진드
기 얘기를 들려준다.

이쯤 되면 그의 산행은 차라리 고행이 된다. 무엇을 위
한 고행인가? 고행이란 무릇 구도자들의 몫이니, 물론 어
떤 깨달음을 얻기 위한, 아니 낳기[産] 위한 고행이다. 그러
니 김영재 시인에게 산행은 고행이자 깨달음을 낳으러 가

는 산행(産行)이기도 하다. 그리고 그 깨달음은 대개 역설의 형태를 취한다. 첫 시에서 시인이 얻은 깨달음은 상처가 곧 희망이기도 하다는 사실이다. 두 번째 시에서는 어둠이 곧 길이기도 하다는 사실이다. 그렇게 하여 시인 김영재는 고행과도 같은 산행을 통해 역설적 깨달음을 낳는 구도자가 된다. 그 구도의 절정에 다음의 시가 있다.

살아 천년 죽어 천년 주목의 생몰 사이/나는 걷고 또 걸었다/살을 에는 바람 속을/고통이 기쁨인 것을 그때서야 알았다//눈길을 걸었으나 눈 위가 아니었고/급경사 올랐지만 급경사가 아니었다/몸 하나 비우고 가면/속리(俗離), 따로 없다
　─〈오지에서 온 손님〉 부분

산에 올라 살을 에는 바람 속을 걷고 또 걷는다. '고행'이다. 그리고 나서 얻는 역설의 깨달음! 시인은 '고통이 기쁨인 것을 그때서야 알았다' 라고 말한다. 굳이 고통과 기쁨만은 아닐 것이다. 역설은 모든 제대로 된 깨달음이 취하는 형태인 바, 삶과 죽음, 성과 속, 누이의 부재와 현존이 하나가 되는 경지를 시인은 바로 그 고행을 통해 깨닫는다. 이제 깨우쳤으니 눈길을 걸어도 눈 위가 아니고, 급

경사를 만나도 경사가 아니다. 그쯤 되면 '속리(俗離)', 그 어머어마한 말을 누설해도 그를 두고 과장이라 할 수만은 없겠다.

6. 지상에서

그러나 성과 속이 하나라면, 이제 굳이 시인이 산행을 계속할 이유가 있을까? 세속을 떠난 산에서의 고행을 계속할 필요가 있을까? 산이 곧 집이고 일상일 텐데 말이다. 아니나 다를까, 시집의 후반부로 갈수록 그의 시편들은 차츰 산으로부터 일상으로 복귀한다. 욕심을 버리고자 하는 마음 또한 욕심임을 그는 이제 알고 있는 듯싶다. 그래서 그는 〈가을 설악을 지나며〉에서는 '초입에서 힘겨울 때 그만둘 걸 그랬다'고 독한 고행의 시기를 마치고 난 현자 특유의 허허로움을 드러내 보이기도 하고, 산행을 막아선 '입산금지' 푯말 앞에서 '순리를 따르는 일이/취함보다 어설프다'라며 순순히 산행을 포기하기도 한다(〈지리산 매표소 앞에서〉). 그리고 어느 날인가는 길을 잃어 늦게 귀가한 산행 후에 사는 일의 슬픔과 기쁨을 산에서가 아니라 '아내 보고 알았네'라고 실토하기도 한다(〈늦은 깨달음〉).

이제 그에겐 도처가 산인 모양이다. 아내도 산이고 입산금지 푯말도 산이고, 딸아이도 산이고, 공양간도 해우소도

모두 산인 모양이다. 그렇다면 그는 매일매일 굳이 산에 오르지 않고도 산행 중이라고 말해야 하는 것이 아닐까? 그래서 이제 그는 하루하루, 순간순간을 산 속에서 보내고 있는 것이라고 말해야 하는 것은 아닐까? 심지어는 그가 아내의 오래된 찻잔에서도 들꽃 내음을 맡는다고 하니 하는 말이다.

아내의 찻잔에선/들꽃 냄새가 난다/가을이 깊어가는지/
옷깃에 바람이 숨고/아이는 들꽃 냄새가/무엇이냐 묻는다
　　　－〈들꽃 냄새〉 전문

오지에서 온 손님

초판 1쇄 | 2005년 1월 25일
지은이 | 김영재
펴낸이 | 김영재
펴낸곳 | 책만드는집

주소 | 서울 마포구 합정동 428 - 49 4층 (121 - 886)
전화 | 3142 - 1585 · 6
팩시밀리 | 336 - 8908
전자우편 | chaekjip@chol.com
등록 | 1994. 1. 13. 제10 - 927호
ⓒ 김영재 2005

지은이와의 협의에 의해 인지는 부착하지 않습니다.
책값은 뒤표지에 표시되어 있습니다.
이 시집은 문예진흥원의 창작지원금을 수혜했습니다.

ISBN 89 · 7944 · 213 · 0(03810)